句集

桜東風《さくらごち》

小宮和代

東京四季出版

序

狭山市の小宮和代さんのお宅を訪れたことがある。ちょうど桜の満開の時期で、お庭には樹齢五十年という桜が二本、隆々と太い幹を傾け、お庭に続く畑へ枝を拡げながら今を盛りと咲いていた。

和代さんの人生にとって桜はことに思い入れの深い木であるという。人生の哀歓を桜を通して訴え、桜もまた和代さんの人生を見守ってきた。

満開の花寂々と父逝けり
今生の桜二夜を枕辺に
満開の桜の妖気母さらふ
夫と子とゐてもさみしき夜の桜

一句目は平成八年父上を亡くされたとき、二句目三句目は平成二十七年、母上の最後を看取ったときの句である。四句目、愛してやまない家族とともにいながらふと心の片隅をよぎる寂しさ、豪華な桜の夜を背景に感得された生の根源的な悲しみともいえようか。
いきなり悲しみの句をあげたが、この句集は全体として明朗な生気に満ち満ちている。

ツピツピはスキスキ春の四十雀

この句に集約される生命存在への善意にあふれた肯定の姿、これこそ句集『桜東風』を貫くテーマであろう。
まずふるさと狭山への愛である。

遠祖の槍を長押に年の酒
秩父嶺を間近に置いて梅一樹
武蔵野の土の軽さよ雉子鳴く
蔵いまも米の匂ひを柿若葉

御実家のご先祖は戦国時代、関西から関東に移住して来られたという。地元のパイオニア的存在として「鍛冶屋」という屋号が残り、近くの金山神社の祭礼では十二月八日に蜜柑を撒くという。いわゆる鞴《ふいご》祭の風習が残されている。

祖先が選んでくださった狭山の土地への思いは深い。秩父連山の後ろに一段と高くそびえる富士の雄姿。その田園の道を、和代さんは朝に夕に通学しておられた。

父祖の地への愛はまず父母への限りない愛に凝縮される。

ほうたるを父の拳にもらひし日
泥つきの葉生姜摑み父来る
稲穂田へ外出許可を得し父と
父へ酌む冷酒老酒夫とかな
父の付けしわが名いとしむ敗戦忌

一句目の蛍の句、父の拳にふっくらと包まれた蛍が幼い娘の手に渡される瞬間。記憶の中の情景の確かな描写がすばらしい。生命の授受を象徴するかのような絶唱である。二句目は実家の父上がまだお元気なころの或る日であろう。三句目は病床に臥されてからのもの。四句目は父上が亡くなられたあと、和代さんとご夫君とで亡き父上を偲んで、故人がお好きだったお酒を遺影の前で酌んでいる。生前の父と夫とはよく盃を交わして気焔をあげておられたらしい。父と夫がよく気が合うということ、娘にとってこれほど嬉しいことはない。

父親大好きの和代さんであったらしいが、母上のことも大変敬愛しておられた。昔からの豪農の主婦、農作業もしっかりなさっておられたのだろう。晩年、おそらく脳梗塞の後遺症であろうか、左手で筆を執られ、お年玉袋の字を書いておられるお姿は、立派である。

母の手のぬくもり残す秋茄子
母に倣ふ初捥ぎ胡瓜神棚へ
左手で名を書く母のお年玉
お守りにする母からのお年玉
母に今も父生きてをり梅雨深む

なぜ初生りを神棚に上げるのに茄子でなく胡瓜なのかと、お母様に尋ねたところ、胡瓜を輪切りにすると、切り口が「徳川様の家紋」のようになるからという答えが返ってきたという。こうしたちょっとした風習にも歴史が語られている。やがて忘れられ失われていく風習であろうが、俳句に遺されて行くことには意義がある。また胡麻の収穫の仕方を、和代さんは病床の母から聞きながら、見よう見まねを加えてやり遂げたのであろう。ちょうどそのあとのころであったろうか、私は和代さんから一壜の金胡麻を頂いた記憶がある。それはおそらくお母様からの伝授の作物であったらしい。このように和代さんはお母様譲りの働き者である。

桜蕊降る半日を畑仕事
筍を掘る手も足も父譲り
やはらかき伸し餅あやすごと移す
親指に山栗百個剝きし染み

朝のうちに和代さんに電話すると、ご主人が出られて「今、畑にいます」とおっしゃる。すぐご本人が出てくださるので、きっとお庭に続く畑であろうと、訪問した折の風景を思い浮かべる。

その多忙な中で、お子さんやお孫さんに注ぐ情愛は格別にこまやかで、お祝いの行事なども丁寧になさっている。

風邪の子の手のまつはりぬ胸釦
子の箸は湯気を食べをり七日粥

抱く嬰に泣かれてしまふ桜の芽
日焼けして童顔もどる無精髭
雛段に子の幼な日の粘土雛
泣き虫の「泣かなかつた」と入園す
添ひ寝子に筏の話天の川

どの句もお子さんの成長を見守る母の歓び、お孫さんに接する嬉しさにあふれている。寝ながら孫に筏の説明をしているシーン。天の川という季語が添って詩情を深めた。

和代さんの活躍ぶりは働くばかりではない。国内旅行はもちろん海外旅行の多さは抜群である。俳句もそれぞれに味わい深いが、一々取り上げるには紙数が尽きようとしているので、本文を味読して頂きたいと思う。いずれも表面的な観光俳句ではなく、その国の風土や歴史、国民性をよく把握しておられる。これらの海外旅行はご主人のお仕事の延長線上のものもあると推察されるが、そのうちの次の一句をあげておきたい。

秋の夜「さくらさくら」を夫と唄ふ

「トルコにて六句」のうちの一句である。おそらくパーティーのおり、「何か日本の歌を」と要望されたのであろう。ご夫婦が立ち上がって「さくら」を歌ったという。素朴な日本のメロディーが、外国の方々の胸に好ましく響いたことであろう。

そして今、共に海外旅行をなさった折のご両親のパスポートを手にしながら

桜東風手もとに父母のパスポート

と詠み、この句集名を「桜東風」とお決めになった。父祖の土を耕しているとき思いついたという。意味深い題名である。

こうした多忙さの中で、「蘭」の新年会、鍛錬会、同人総会への参加。また私の七年間の主宰在任中、「蘭」誌の校正には毎月欠かすことなく出席して下さった。平成二十六年の同人総会伊良湖岬における句会に次の作品が出された。

天照大神《あまてらす》おはす対岸冬夕焼

晴天のあとのみごとな冬夕焼の中、伊良湖から望む伊勢の神々しさ雄々しさを直截に感得させる。

生活感に根差した骨太の句群の最後に次の句がある。あたかも一対の内裏雛を近寄せて置いてみたい気にさせる、ほのかな艶がただよう。

鰭酒や常より近く夫と座す

これまで「蘭」の方々の句集をじっくり読み、序文を書かせていただいたことも少なからずあったが、そのたびに著者の懸命な生きざまとその詩情に感銘し、尊敬の念を深めてきた。
今回も先師野澤節子、きくちつねこ師の唱えた「いのちの俳句、心の俳句」を世に送ることができることを「蘭」の誇りとし、拍手を送りたい。

平成二十八年六月　夏至の日

松浦加古

桜東風◉目次

装幀　髙林昭太

句集 桜東風

さくらごち

真珠婚

昭和五十五年〜平成十年

秩父嶺を間近に置いて梅一樹

昭和五十五年

母の手のぬくもり残す秋茄子

闇迫る川原にともる月見草

昭和五十六年

風邪の子の手のまつはりぬ胸釦

昭和五十七年

空つ風親子の影を一つにす

子の箸は湯気を食べをり七日粥

昭和五十八年

余寒なほ発表を待つ母と子に
昭和五十九年

天道虫翔ちて眼の力抜く

老母の手にまどろみてをり白団扇
昭和六十年

母の日の母のエプロン真白なり

昭和六十一年

木下闇ぬけて饒舌戻りけり

佳き一日始まる予感小鳥来る

稲光子を産みし日の記憶醒む　昭和六十二年

温め酒小声をもたぬ夫と父　平成四年

雁渡し子の靴を干す製材所

曼珠沙華燃え尽き水のゆたかなり

落葉して母樹の下を離れざる

綿の実のはじけその夜皆揃ふ

銀婚やうす紅色の返り花

平成五年

存分に犬と踏みゆく霜柱

梅匂ふ母と呼ばるる今日までを

人混みに別れの握手あたたかし

耳慣れし声そここに春の雨

花ふぶく風の速さを見てゐたり

指先にハーブの香り夏めけり

茄子の苗紐一本の畑境

右ひだりなく片蔭を拾ひ来る

団地にも小さな泉雨三日

泥つきの葉生姜摑み父来る

冷酒や秀衡椀のわんこ蕎麦

高館や青田の隠す衣川

シンガポール　二句

身の影は足下にブーゲンビリア美し

赤道の真下に汚る白帽子

田を刈りて畦の束縛解き放つ

足音につづく足跡霜柱

駕籠と舟に花道二本初歌舞伎

平成六年

峡うらら風祭てふ駅を過ぐ

陵の木立の奥へ初つばめ

乳色の風三月の雑木山

宗達の風神雷神飛花落花

蓮の葉に銀の玉なす雨となる

アラスカにて　四句

アラスカの七月の陽や薄目ぐせ

マッキンレーへ夏雲を抜け小型機に

乳母車白夜の街路横切りぬ

カーテンのすきまに漏るる白夜光

信濃路や木綿の色の初すすき

山の陽や捥ぎし林檎の熱帯びる

をみなへし束ねて無人販売所

初氷富士五合目にはがき出す

大楮火神の産屋の莚張り

平成七年

夜参りの多くは無口楮囲む

囀りに目覚めて夢を忘れけり

小米桜受話器にこたふ水加減

家中の灯りをつけて桜の夜

ハンカチの木の花に会ふ五月晴

花石榴崩るにまかす醬油蔵

早苗田や畦にひび入る風の午後

病む父の頬おだやかに秋夕焼

名月や病床ノート代筆す

稲穂田へ外出許可を得し父と

雪富士や屋上へ押す車椅子

平成八年

水盤の柳の芽吹く女正月

満開の花寂々と父逝けり

新聞に小さく父の名花吹雪

勲章に小粒のルビー薔薇真紅

茄子の花牛後を嫌ふ父なりし

父へ酌む冷酒老酒夫とかな

明易し髪黒々と夢の父

軍服の写真の父よ夏来る

父に似し眼差しに会ふ新盆会

カリフォルニアにて　四句

コヨーテの声夕霧の丘閉ざす

星月夜一点人工衛星を

アラスカの鮭を主菜に燭ゆらぐ

ディナー果つ白き息して別れけり

平成九年

寒梅の紅へ真つ直ぐ歩み寄る

辛夷の芽いま勾玉に似てゐたり

春暁の彗星捉ふ厨窓

戸隠の奥社へ続くはだれ雪

真っ白な蛍袋も高麗の里

向日葵の花のうつむく更年期

人去りし後の川音岩つばめ

瞬けば消ゆる日暮の雁四、五羽

武蔵野と秩父の間の蜜柑山

船窓に現れて消ゆ冬の雁

雁の群れ過ぎし一湾灯を殖やす

平成十年

屠蘇を酌む男四人の経済論

福だるま抱へどろぼう橋わたる

雛の衣を糊で繕ふ真珠婚

桜蕊降る半日を畑仕事

竹の子や生家の土の黒々と

行々子視野一面の青々と

遺跡掘る麦藁帽子うごきけり

帰省子の信濃の地酒抱へ来る

イギリスにて　三句

大聖堂九月の雲の切れぎれに

ストーンサークル視界の限り秋の丘

橡の実や道どこまでも石畳

十年の十月けふも作業着で

鍵ひとつ手許に残る鰯雲

残る虫明日解体の家広し

抱きあぐる猫やはらかし夕紅葉

強霜や屋根職人の屋根仰ぐ

松飾り完成を待つ新居にも

雉子鳴く

平成十一年〜十六年

平成十一年

初日の出一船もなき相模湾

春待つや新居の足場外さるる

春めくや小枝を銜へゆく鴉

新築の家の灯りも朧かな

武蔵野の土の軽さよ雉子鳴く

一片の雲のとどまる代田かな

六月の角材匂ふ寺普請

藍浴衣身丈の同じ兄おとと

蜩の山の気はこぶ夜明けかな

月蝕を涼しき声に知らさるる

日焼けして童顔もどる無精髭

青年の何かを叫ぶ秋の浜

街師走声音やさしき伊予ことば

枯岬しまなみといふ海の道

平成十二年

ニューヨークにて　二句

国連の月の石へと遅日かな

蒼天の華氏で言はるる寒さかな

夫と子とゐてもさみしき夜の桜

しなやかな手話の指先薔薇黄色

白上布琉球の舞静謐に

聞き役の日傘くるくる回しけり

結論の出ぬまま氷菓崩れをり

韓国にて　二句

若者に席譲らるる野分晴

王宮の甍の反りや秋天下

山の風川の風とも蕎麦の花

自画像の眼に憂ひ冬館

義仲と巴の里の冬紅葉

赤米や枯れ一色に吉野ヶ里

金印の出土地あまた野水仙

平成十三年

保安帽目深に男二日はや

しやぼんだま目鼻ゆがみてこはれけり

卒業の記念や善光寺に念珠

青年誰もネクタイを締め卒業す

悼岡村進一先生

雉鳴くや師の訃の知らせ口早に

任地より初めての文風薫る

百合十花剪るやたちまち風まとふ

口笛が歩いてくるよ風涼し

土用照り労はる母に労はられ

オーストラリアにて　三句

花ゆすら真白なドアに紅ガラス

水差しにレモン数片再会す

暖炉燃ゆ祖父曾祖父の写真立つ

秋蚊打つ文の書きだし迷ひゐて

郵便を手渡しで受く秋の天

牛の眼も馬の眼も無垢秋高し

湯豆腐や二人でゐれば子の話

餅を搗く一人遅るる子を待ちて

平成十四年

寒紅梅アフガンの子に寄付すこし

新しき靴の違和感木の芽晴

師の墓へたつぷりと汲む春の水

天草とダイバースーツ並べ干す

大青田畦道に父呼んでみる

ニューヨークにて　三句

テロ跡地汗を浮かべて皆無口

折鶴の幾千さらす大西日

在りし日の写真露天に日焼人

刈りたての稲田の香る通学路

初雪の雫の奥に縄綯機

半鐘に一番近く柿の赤

地の影はまさに狼冬の犬

抽斗に異国の小銭年つまる

平成十五年

凍てゆるむ子規の句碑ある旅籠あと

山車蔵に七町七基風光る

河津桜川遡る潮の香

老犬の何みて吠ゆる花嵐

筍を掘る手も足も父譲り

分去れや蜘蛛の留まる常夜灯

母の日の真つ赤な花を置いて出る

明易のピッコロに似し鳥の声

鍾乳洞闇の底より涼気かな

石筍の白衣観音滴れり

シアトルにて　二句

太子像幼しシアトルの暑し

薔薇とパン冷たきワイン友を訪ふ

オーストラリアにて　三句

花嫁は大和撫子霧晴るる

冬の百合花嫁の父寡黙なる

祝婚のワルツを夫と暖炉燃ゆ

街灯り飛ぶ短夜の救急車

入院の夫へと包む藍浴衣

木々通す光に透けるいとんぼ

稲架懸けや夕日まみれの一家族

捥ぎ立ての林檎のかたさ信濃かな

香ほのと本堂閉ざす白障子

野火止の塚より出づる秋の蝶

案山子まつり送電塔も案山子めく

平成十六年

猿ましは樹齢二千の楠の杜

初写真十九の犬を抱き囲む

雛段に子の幼な日の粘土雛

初蝶や眩しき野面ひろごれり

蔵いまも米の匂ひを柿若葉

怪我の母の白殖ゆる髪洗ひけり

天守跡涼し眼下に千曲川

婚約の二人芒種の空晴るる

夏富士のかげあはあはと手術待つ

見えてゐて遠し術後の花槿

軽井沢にて

噴煙の片方なびきに花すすき

はらからの集ひの二夜時雨けり

祝杯のグラスに満つる秋灯

壱岐にて

海と島ひと色となる冬時雨

一望の一隅に雲風疼く

玄帝やむくりこくりを子守唄

一支国や神代へ一夜神楽舞

白牡丹

平成十七年〜二十年

平成十七年

初御空末広がりに欅の枝

初仕事雪の社務所にお燗番

母上とある年玉を貰ひけり

里神楽鈴を振る手は働く手

伝票に異国の宛名陶雛

月山にうすの雲の寄る雪解晴

木の芽冷え白水阿弥陀堂に座す

関の古歌写す辛夷の花明かり

初夏の一歩に眩むメトロ出づ

蟻あそぶ寺に防空壕の跡

船頭に渡す百円行々子

母に倣ふ初捥ぎ胡瓜神棚へ

ほととぎす安房の一夜の魚づくし

青鬼灯遺影の叔父は初年兵

雲の峰バスより一人園児降る

礼状に赤子の写真合歓の花

大雨となるかもしれぬ蟻の列

ひまはりや身籠りしこと告げらるる

岩田帯受くや社の稲に花

父の付けしわが名いとしむ敗戦忌

落蟬に近寄ればまだ飛ぶ力

ダブリン・ロンドンにて　六句

秋の図書館羊皮紙の書の香の中へ

秋気満つ書棚にかかる長梯子

ケルト古書日毎の月の図を展く

劇場を出て倫敦の月明り

ミュージカルの余韻を夫と月さやか

午後の日の秋色深む牧羊地

中国にて　三句

西施湖の茫々船に冬の雨

石榴の実手押し車に山積みに

菱の実割る雲間の水面ひかりけり

秩父夜祭　三句

お旅所の玄武の亀や冬の陽に

冬日燦屋台に金の糸と箔

秩父歌舞伎の役者間近に手套ぬぐ

神棚は夫に任せる小晦日

産土は安産の神初山河

平成十八年

遠祖の話ふくらむ年酒かな

お守りにする母からのお年玉

女児生まる日がな一日あたたかし

抱く嬰に泣かれてしまふ桜の芽

空よりも植田あかるき日暮れかな

風光るお初参りの善光寺

額に受く上人の御手春の嬰

早春の護摩をたく間も嬰は眠る

眠る児のじわじわ重し芽吹山

イタリアにて　四句

オリーブの木々の影濃し聖母月

堂涼し木椅子に仰ぐテンペラ画

涼風や運河にわたす濯ぎ物

オリーブの花雨の夜のカンツォーネ

みどり児の重みを膝に終戦日

海人小屋の開けつ放しの寝莫蓙かな

肩車たれより高く花野の児

綿菓子になりきれぬ雲九月かな

赤子の歯生え初むしらせ小鳥来る

母を訪ふ稲田に風のわたりたる

数珠玉を採り風音を大きくす

銀杏金色古刹を拝むごと仰ぐ

あら玉の手のひらに載す嬰の靴

平成十九年

追儺豆父の呪文を真似てみる

梅真白灘の生一本ふふみたり

抱き上げて乳の香もらふ初雛

篩子の肩上げ深し白牡丹

三頭の一頭牝獅子うららけし

イタリアにて　五句

ポンペイに驟雨のあとの潦

敷石に馬車の轍や薄暑光

石膏の人型に黙夏帽子

シチリアの港も町も花棟

支配者の替り代はりぬ巴旦杏

暮れ際の光さわだつ代田かな

子午線の町に蛸買ふ半夏生

蜩の湧きて高鳴る野の夜明け

半円は森に呑まるる遠花火

炎天や水桶を発つ鳥の影

その中の一つ音色に鉦叩

栗拾ふ帽子長靴軍手もて

生栗を剝く片手間にとは言へず

わが影に色を深むる曼珠沙華

虫細る階一つ踏み外す

白鳥や常陸の国ぞ師のおはす

羽繕ふ白鳥と浴ぶ朝のかげ

父待つてゐた祖父の縕袍の懐に

歳晩や誰も大きな袋提げ

平成二十年

「ありがと」がやうやく言へるお年玉

遠祖の槍を長押に年の酒

小正月夕日を母と妹と

寒牡丹背中に夜の迫りけり

レストランごつこ始まる雛の前

きくちつねこ師　二句

師を見舞ふ白鳥帰る頃なりし

あまたの句生みし御手のあたたかし

母の日やこげらは巣穴穿ちをり

ドイツにて　三句

柳絮舞ふ街に自転車専用道

落書きを咎めぬ壁よ風青し

ポツダムへ入道雲へ向かひけり

田の水の植ゑしばかりの濁りかな

傘持たず出でて降らるる光秀忌
一つ身の肩上げをとり汗の児に
女の子浴衣の袖をひらひらと

夕立の降り残したる星一つ

能面のまなこの先の秋灯

晴れてゐて暗き箱根路法師蟬

広島と決めし秋分の一人旅

露濡れの石碑の少女ミシン踏む

被爆樹の抱ふ空洞秋の風

秋茜子を抱き交はす若夫婦

幼子の声は光に秋の園

指長き嬰なに摑む秋の天

階は抱き上げられて三つ祝

時雨宿り蓑虫庵の縁先に

草庵に雨だれを聞く実万両

泣きぶりも男の子なりけり冬蒼天

語尾さがる言葉のやさし冬林檎

百薬の長と許され新酒かな

遠青嶺

平成二十一年〜二十四年

平成二十一年

羽子板にジャンボ機描きし子も父に

足じゃんけん二日の日向ぽつかりと

縄跳びや庭から庭へ里の子等

大縄跳び誰かが入りきれずゐる

名苑の水底澱む蝌蚪の群

春蘭に雑木の間の光かな

芝芽ぐむ児は転びてもまろびても

フランスにて　三句

闘技場五月の昼の月の下

修道院に消灯の鐘白夜光

ゴッホ描く跳ね橋に風野麦の穂

城閣の下層の昏さ夏至近し

水無月の城鱗めく手斧あと

石板に書き消す我が名桜桃忌

本流は闇のうしろに蛍舞ふ

ほうたるを父の拳にもらひし日

重ね貼る達磨の鼻梁遠青嶺

乾きゆくだるまや風の百日紅

朝月や今日のはじめの茶をひとり

お茶ですと呼べば手を振る生身魂

みんみんや児の書く目玉渦二つ

稲の花人のにほひに似て匂ふ

高麗王の安住の地の曼珠沙華

悼きくちつねこ師

菊枯るるたしかな香りいまもなほ

半日を姉さんかぶり餅を搗く

平成二十二年

問ふ母に身丈で応ふ雪の嵩

やはらかき伸し餅あやすごと移す

白鳥のクークークーと鳴きホーと鳴く

出棺や二月の雪の山に向け

スカートで現るる妹春の夢

庭に出る一年生が通るまで

東京に四月十七日の雪

一番茶先代の筆大笊に

お茶を摘む夜明けのしづく足元に

茶摘女に混じる男の咳払ひ

身の内のどこか若やぐ玉の汗

ほうたるや秘密を分かち合ふに似て

金山に大きな静寂野萱草

扇風機横向くときに風とどく

かあちゃんと妻を呼ぶ人稲穂垂る

暮れてなほ里に稔田明かりかな

松茸や丹波の山気竹籠に

光秀の墓はれてゐる桔梗かな

城山へ登り始めの曼珠沙華

知事賞の菊花に虫の羽音かな

東照宮神馬の背に大マント

鋼めく立木観音時雨くる

封筒の四角の尖る寒さかな

太陽の力を借りる大掃除

うさぎ座てふ星座をさがす除夜詣で

福寿草ちよき出せぬ児がまた負ける

平成二十三年

綾取りの十指咲《わら》ふがごとひらく

綾取りや幼に父と母の国

取り立ての葱のぬめりも刻みけり

雪国や暮れて空なほ青み帯ぶ

氷像に地球の青さ潜みけり

手袋の手を揉み夜の札幌を

さくら貝さがす五歳となりにけり

東日本大震災

地震の夜の甥の車のあたたかし

火明りに禍福を問ふや春の闇

余震ともわが鼓動とも朧月

天仰ぎ「天恨まず」と卒業子
たましひのかたちぞ桜つぼみたる
被災地を想ふ桜となりにけり

土筆食べたと年長のうさぎ組

木々芽吹くやうに言の葉二歳半

春愁やピエロの像は手を広げ

うすものの胸元ふはと母米寿

スペインにて　三句

「ゲルニカ」に会ふスペインの炎暑かな

麦秋やドン・キホーテの風車群

熟れ麦の匂ひの中に町ひとつ

かなかなや森をゆすりて明け白む

赤富士や寝起きの水を一息に

登山宿の灯りを見よと人戻る
樹海から雲海へ道ひとつづき
五合目の霧の中へと母の手を

人の世に領土領海天高し

豆腐屋の釣瓶落しのラッパかな

へその緒を思ふ南瓜の蔓たぐる

深秋の軸「吾以外皆吾師」

流鏑馬の二の的の背に冬の柿

冬日燦ばしりと的に女人の矢

平成二十四年

撫づるよりすべなき猫よ春寒し

白ことに日暮れにさとし寒牡丹

病院に夜間の出口寒月光

ふらここを漕ぐ子に帽子持たさる

お彼岸の仏間へ母の車椅子

桜待つ父の軍歴証明書

泣き虫の「泣かなかつた」と入園す

ツピツピはスキスキ春の四十雀

金環食若葉に影の環なす

みちのくは傷みをひそめ植田晴

万緑の巌と化せる磨崖仏

千段を上りきつたる涼しさよ

ラムネ飲む地獄の絵図を眼裏に

靴脱げし子が追ひかける神輿かな

足元に縮むわが影日の盛り

風鈴吊る記憶の底の妹へ

退院と短冊に母星まつり

西瓜抱く水の地球の申し子を

夕ぐれの黒富士に会ふ終戦日

若者の眩しき真顔夏五輪

ゆふすげの黄色かの日の子の産着

無農薬通す男の日焼けかな

烏瓜水の匂ひの花ひらく

雨乞ひや日暮れの鳩の鳴声も

うらがへす枕に籠る秋暑かな

寄り離る童にも似る風呂の柚子

天の川

平成二十五年〜二十七年

平成二十五年

左手で名を書く母のお年玉

母に買ふ保湿クリーム四日かな

春の雪無用の電話かけてをり

「大好き」とバレンタインの文に孫

室花を嬰抱くやうに母卒寿

四代の雛を拝すブーツ脱ぐ

千体の雛に会ひたる疲れかな

狐川わたる蛇笏の桜まで

手作りの箒・塵とり竹の秋

釜石・花巻にて　三句

供花あまた乾ぶ潮風薄暑光

時鳥イーハトーブに目覚めけり

朴の花智恵子の丘へ息切らす

枇杷熟るる母の内なる大家族

母に今も父生きてをり梅雨深む

胡麻の花咲きつぐ日々や母に添ふ

根付きたるものさはさはと炎天下

胡麻を干す見やう見まねを通しけり

月さやか母に一語のよみがへる

雲寄せて名月はいま龍の眼に

名月やぴたりと夫の誕生日

秋夕焼背中に秩父ある安堵

島一つ生まれ勤労感謝の日

女児産まる桜紅葉の奥に富士

病窓に切り紙細工十二月

時雨雲ベッドの孫と鶴を折る

抱き上ぐる五歳の重み冬の雷

平成二十六年

新島も嬰もすくすく年新た

玄冬や母の声音を読み取れず

雪を来て握る母の手あたたかし

春雪や鳥にも何かやれと夫

嬰に頬寄せる姉・兄梅真白

食ひ初めの膳に小石と桜鯛

師の墓へ八日遅れし八重桜

シーサーの阿の口深く春陽かな

病院の空や百尾の鯉のぼり

頬撫でて春の夢より母覚ます

マグマへとつづく湯の泡雲の峰

白雨急森は夕日を抱へつつ

寝て覚めて梅干の香を四夜五日

梅干にしかと年記す古稀近し

朝焼けの身づくろふ間に薄れけり

遺伝子の知らぬ暑さに立ち向かふ

添ひ寝子に筏の話天の川

取り上ぐる冬瓜の粉手に腹に

冬瓜を河岸の鮪のごと並べ

百歳の手から生まれし毛糸帽

生きてゐる生きてゐるぞと鉦叩

天照大神《あまてらす》おはす対岸冬夕焼

鷹羨し眼下に伊良湖岬広げ

名を呼べば万歳をする実千両

平成二十七年

布団干すこの頃夫の手も借りて

海よりも空やはらかく二月くる

ブランコの鉄の匂ひを持ち帰る

歌ふごと喃語生まるる桜草

おだやかに眠りたる母木々芽吹く

今生の桜二夜を枕辺に

満開の桜の妖気母さらふ

桜東風手もとに父母のパスポート

烏麦風にゆれ初む五七忌

螺鈿まばゆし若葉しぐれの仏国土

竹秋の風音ひたと能舞台

高館に閉門迫るほととぎす

黒揚羽母が遊びに来たのかも

霍乱の気配や午後の足の裏

曾祖母のありし日ともに盆の客

トルコにて　六句

エーゲ海白石拾ふ素足かな

大西日王女の棺隠れなし

八月尽羊の群の土煙

薄黄葉トプカプ宮の青タイル

秋の夜「さくらさくら」を夫と唄ふ

対岸にアジア大陸朝の月

親指に山栗百個剝きし染み

秋晴れの風を形見の着物にも

秋虹二重大雨の置き土産

連山の山襞瞭と刈田晴

鷹舞ふや総茅葺を通す寺

牡丹冬芽茅葺寺の萱へ寄付

土瓶蒸し固き決心聞きたれば

穭田を育てて雨の上がりけり

刈田跡方眼紙にも見えてくる

鰭酒や常より近く夫と座す

あとがき

末の子が幼稚園児の頃、役員として何かの署名を募っておりました。顔見知りの方にお願いしたところ、記名して下さったあと「公民館で初心者俳句教室を始めるから、是非参加して」と受講を誘われました。

教科書にあった俳人の名前と代表句を知っていた程度の三十代半ばの子育て中のことでした。月に一度の教室への投句を今月は作れないから休もうと出さないでいると、前夜電話を下さり「一時間待ってるから」と声を掛け続けて下さった、布施青峰氏がはじめの先生です。

その後氏の勧めもあり、川越の岡村進一先生の講座の生徒になりました。先生は「蘭」創設者野澤節子師の高弟であられました。

節子師が川越からさきたま古墳へと吟行されたおり、その生徒の一人として同行させて頂きましたが、その時の節子師のご様子は今でもはっきりと覚えています。それがたった一度の節子師との思い出です。

平成五年の一月号から会員となりましたが、岡村先生のお体がすぐれなかったこともあり、その頃会員も大勢でしたので、五句の内の三句が載れば満足でまた数年間が過ぎました。岡村先生の没後、同じ「蘭」の伊藤いと子先生のグループに入れて頂き、今日までお世話になっております。

その頃の主宰きくちつねこ先生には、初めて参加した軽井沢の鍛錬会を含めて三、四度お目にかかれる機会を得ました。

そして、現名誉主宰の松浦加古先生にはご一緒に吟行する機会、校正のお手伝いの機会を頂き、節子師、つねこ師からつづく「蘭」の心を教えていただいております。

この度、誠に拙い来し方の記録のような句を纏めたいと思い立ち、お話し致しましたところ、御多忙の中快く選句の労をとって下さいました。

その上このような身に余る序文を頂戴いたしましたことは望外の喜びでございます。心から御礼を申し上げます。

現主宰、高﨑公久先生の励ましのお言葉を胸に、また「春蘭の会」はじめ、今日までご一緒しお世話になりました、句友一人一人のお顔を思い浮かべつつ感謝の気持ちを新たにしております。
最後に黙って見守ってくれています、家族ことに主人にお礼を申します。

平成二十八年　海の日に

小宮和代

著者略歴

小宮和代　こみや・かずよ

昭和19年9月16日埼玉県生れ

平成 4 年　「蘭」入会

平成18年　「蘭」同人

平成21年　俳人協会会員

現住所　〒350-1301　埼玉県狭山市青柳47-2

実力俳句作家シリーズ〈凜〉5

句集　桜東風　さくらごち

発　行●平成二十八年九月一日

著　者●小宮和代

発行人●西井洋子

発行所●株式会社東京四季出版

〒189-0013 東京都東村山市栄町二―二二―二八

電　話　〇四二―三九九―二一八〇

ＦＡＸ　〇四二―三九九―二一八一

shikibook@tokyoshiki.co.jp

http://www.tokyoshiki.co.jp/

印刷・製本●株式会社シナノ

定　価●本体二七〇〇円＋税

ISBN978-4-8129-0928-7